竜の惑星 この地球

堀口 育男
Ikuo Horiguchi

文芸社

目次

第六章　まとめ

第一章　竜とヒトとがコンタクトし始める

第一節　封印をぶっとばせ！

ある山奥の村のことである。村のおとなたちが、あるときから、やたら怒りっぽくなった。

男子小学生の天突《てんつく》が、父親からひどく殴られた。茶ガラをたたみの上にこぼしただけのことで、父親は目の色を変えて殴った。

（このままでは大ケガする！）

とっさにそう思った天突は、家から逃げ出した。

外はもう夜だった。街灯の少ない村なので足元は暗かったが、危険を無視して全速力で走った。

どこへ行く？　神社の裏の大岩のところへ行ってやろう。このあいだ、あの大岩に腰かけていたら、権《ごん》じいがものすごい勢いでどなってきた。

「コノバカタレガア！　ソノイワニサワルンジャネエ！　ソノイワノシタニハバケモノガオサエツケラレテイルンダゾ！　バケモノガデテキチャアナンネエカラ、オレラガオサエツケテイルンダ！　オレラミンナガ、ナンノタメニオコッテルトオモッテルンダ！　ムラノクウキサマガオコッテイレババケモノガデテコネエカラダ！

……ミンナガオコルッテコトハ、クウキサマガオコルッテコトダ。クウキサマハカミサマダア！　クウキサマガオコルコトニムチュウニナッテ、バケモノノコトヲワスレテクレレバ、バケモノハデテコナイ。イワニサワッタリナンカシタラ、クウキサマガバケモノノコトヲオモイダシテ、バケモノヲチジョウニダシチマウ！　バケモノガデテキタラドウナル？　オソロシイニキマッテイルヨ。ダッテバケモノダモン！」

天突は走りながら叫んだ。

「くそう！　バケモノがそんなに怖いかよ！　バケモノを出さないでいるために

は、みんながあんなにならなきゃなんないのかよ！　なら、いっそのこと、バケモノを出しちまえ！」

天突は大岩のそばまで来ると、押した、ありったけの力で。

大岩が少し揺れた。天突はギョッとして大岩から離れた。大岩がガタガタと確かに揺れた。踊るように動いた。後ろに向かって大きくかたむき、倒れた。その下にいた生き物の目が動いた。

生き物が起き上がった。巨大な腕のような、赤いヘビの首だった。一本目の首に続いて、二本目、三本目、四本目、と……。それは、巨大な赤いタコが空に向けて触手を伸ばしているようだった。首のたくさんある竜だったのだ。

天突は竜の吐く毒気にやられて、手足を縮こまらせて倒れた。

その日から、村のおとなたちは、人が変わったように穏やかになった。彼らが心の中でこだわっていた何かがちぎれとび、怒りたい気持ちがなくなったのだ。

首の七本ある赤い竜は、神社で神獣として飼われることになった。

天突は、七日七晩生死の境をさまよって、目を覚ました。あっというまに元気になり、五メートルも跳び上がれるほどの体力を発揮するようになった。

第二節　コモドドラゴンのいる楽園

不幸な育ち方をしたせいで、世の中に復讐《ふくしゅう》したい気持ちでいた青年、女婿《じょかむこ》が、いつのまにか地下にいた。

黄色い太陽が、地下の低い空で光っていた。周りにいる人々は、胸も豊か腹も豊かな女たちで、日焼けした肌を露《あら》わにしていて、腕も脚も太かった。木造の小さな建物があちこちにあった。床が高い位置にあって、その下は、四隅の柱が下に伸びて建物を支えていて、地面から入口まで、はしごのような階段がついていた。

そして、周りじゅうに、世界最大のトカゲ、コモドドラゴンがいた。大型犬くらいの大きさのコモドドラゴンたちは、しなやかに動き、怖さがあり、茶色の肌は見るからに滑らかそうで水気がありそうで美しかった。黄色い、小さな炎のような舌をちろちろ出していた。

女媧婿は、目を少し上に向け、小さな声でつぶやいた。

「こんな世界があるんだなあ……」

緑色のシダ植物のジャングルの中で、女媧婿は、白い、巨象のようなコモドドラゴンの女帝に遭《あ》った。女帝が言った。

「この地底の楽園は、一時的にしかいられないところよ。もう帰らなければならない。人間にとって真の楽園は、やはり、天上の楽園なのね」

女媧婿が答えた。

「しかし、天上の楽園にしても、いつまでもはいられません。一時的にしかいられません」

コモドドラゴンの女帝は言った。

「そうね……。いつまでもいられる楽園があればいいのにね……」

女媧婿の足の下から、何か、膜状の生き物が起き上がってきた。膜状の生き物は、ちょっとした空き地くらいの広さがあり、起き上がってくるそれは、大きな花びらのようだった。そして女媧婿の全身を包み込み、大きな花になった。

地上に戻った。花びらは空気中に、腐って溶け込むように消えた。

女媧婿は思った。

「楽園って、確かにあるんだなあ……。人間が楽園へ行くのは、あんまり難しくないんだなあ……」

第三節　竜の惑星

座敷童子《ざしきどうこ》は、幼女のころ、この世の裏側へ行ったことがある。

背が高くやせた老人が、空中に浮かんでいた青い扉を開けた。老人は、巨大な毛虫がおしりを下にして立っているような姿をしていた。

次に憶《おぼ》えているのは、扉の中で見た景色だ。

鉄でできた光があり、毛むくじゃらの生き物でできた闇があった。老婆が、スネの骨を露出させ石で削っていた。老婆自身のスネだったか他の者のスネだったかはわからない。裸の太った女が、機械じかけのヤリで何度も貫かれて、聞いている側まで死のような苦痛を感じる悲鳴を上げていた。人間の形をしたごく小さな生き物が、自分の体の中に泥を詰めていた。目を転じて上を見ると、空に届きそうな巨人がいた。巨人の顔の、口があるべき部分からは、もう一つの小さな顔がつき出ていて、小さな顔の口があるべき部分からは、ミミズの群れのようなものが生えていた。巨人は、ジッパーを下ろすように、自分の胸と腹を切り開いた。巨人の胸と腹の中からは、ウネウネと動く細長い物が無数に生え出ていた。

座敷童子はそろそろ、扉の中の怖さに耐えきれなくなってきた。扉の外の太陽が見たいと強烈に願った。

太陽が現れた。昼間の太陽は白いのだとこのとき初めて知った。

扉の外にあった、安心できる景色が、次々と現れた。扉の中の景色は、夢だったかのように消え失せた。座敷童子は、扉に入る前にいた場所にいた。

まだ背後に、背の低い、影のような人物がいた。その者が言った。

「この世は一枚の紙のようなもの。表と裏がある。ふだんおまえが見ているのは表側だ。さっきまでおまえのいた場所が裏側だ」

のちに、少女時代まっ盛りの座敷童子は、こう解釈した。

「この世の表側、裏側というのは、人間の心の居場所だ。人間は、心のバランスがとれていて、善良にふるまうことができているあいだは、心がこの世の表側にいる。心のバランスが崩れて、心が日常から外れてしまうと、その人間の心は、わたしがこの世の裏側で見た者（物）のようになってしまう」

また、思った。

「この世の裏側は、実際には、人間ひとりひとりの心の中にあるのだろう。しかし、あのときの景色は、わたしの体の外に見えていた。そして、心の中だとは思えず、心の外の景色だとしか思えなかった……」

右の手の平を見て、わずかに閉じまた開いて、思った。

「自分で自分の心の中だとわかる領域なんて、実際には、自分の心のほんの一部だ！」

これはわれながらすばらしい発見のようだった。

「神は心の中にいるというけれど、『心の中だとはっきりわかる領域』にはいない。『心の外のように思えてならない領域』にいるのよ！」

どんどんわかってきた。

「『心の外のように思えてならない領域』は、ものすごく巨大なんだわ！　『心の外のように思えてならない領域』には、天国も地獄もある！　前世も来世もある！　自分以外の人間も、ひとりひとり、全員いる！　なんだってある！　全宇宙がある！」

彼女には、さまざまな宗教で語られているさまざまなことが真実だとわかった。両手を祈るような形に組み合わせた。

「心の中だけど、本当にある世界……」

そのとき、座敷童子の周りじゅうに、無数の竜がいた。空気中を、はるか遠くまで、竜が埋め尽くしていた。地下にも天上にも巨大な竜が数限りなくいた。竜たちのほとんどは、東洋の竜で、体をらせん状に渦巻かせていた。体の中からも、さまざまなヘビが出てきた。エノキダケのように首がたくさんあるヘビとか……。

このとき座敷童子は、一時的にだが、一種の超能力者になっていたのだ。

第二章　我《われ》はサイコパス

第一節　サイコパスの叫び《シャウト》

女媧婿《じょかむこ》は古本屋で、一冊のコンビニ本を手に取った。表紙には、題名以外の言葉もいくつか書いてあって、そのうちの一つが女媧婿をゾッとさせた。

「子供を反社会人間《サイコパス》から守れ！」

心が凍りつくようなショックだった。

（「反社会人間」と書いてサイコパス……。おれがそれだ。世の中の人々にとって、おれはそんなに忌《い》まわしい存在だったんだ⁉）

震える手でその本を棚に戻した。その本はもう視界に入るだけで怖かった。

（おれは育ち方のせいでサイコパスになった。生まれつきじゃない。そう思いたい。……さて、だが、生まれつきサイコパスのやつがいたとしたら、そいつのことは、憎んでもいいだろうか？）

目を上にやり、また下ろした。

（いや、ちがう。生まれつきだったら、そいつがサイコパスなのは、なおさら、そいつのせいじゃない）

女媧婿の心には、広大な荒れ地が見えていた。その中で女媧婿は高い崖《がけ》の上にいた。辺りには夜の闇が迫っていた。崖の上から、眼下の明るい都会に向かって、心の叫びを上げた。

「人々よ聞け！

悪いやつが悪いことをしたら、そいつを社会的に裁いて罰するのはかまわない。だが、……そいつを個人的に憎んだり卑下《ひげ》したりしてはならない！

悪いことをした者に罰を与えるのは、社会を成り立たせるために必要なことだ！　だが、あくまで社会を成り立たせるための『方便』にすぎない！　『正義』や『モラル』ではないッ!!」

そして話は現実の世界に戻る。古本屋から出て町を歩いていた。思った。

「世の中には、おれのようにサイコパスになって不幸になる人間がいる。また、おれのようなサイコパスによって肉体《からだ》や精神《こころ》を破壊されて、不幸になる人間がいる」

彼の右側を一人の若者が通って行った。その若者は、見るからに、自分の心を固く抑えつけている顔つきをしていた。

「ここに、不幸な人間がいる。今までの不幸の埋め合わせにこれから幸福になろうとしても、うまくいかず、なおさら不幸になるかもしれない……」

左側を通った人たちは、明るく屈託なく笑い合っていた。

「ここに、幸福な人たちがいる。幸福に生きてきたおかげで、心の状態がいいから、これからもずっと幸福に生きられるはずなのに、……理不尽に不幸にさせられて、今までの幸福が無駄になってしまうかもしれない……」

女媧婿は両手で頭を抱えるようにした。

「なんでこの世には不幸になるやつがいるんだあーっ？　？　？　人はみんな、幸福になるために生まれてくるはずだろ？　なのに、社会がどんなに発達しても、不幸になるやつがゼロにはならない。おれにはそれが許せない。この世に不幸になるやつが一人でもいることが許せない」

彼は感情がたかぶると視覚などの感覚がぼやける。人通りも車通りもある道で感覚がぼやけたら危ない。

「そうだ、こう考えよう！　一人の人間は一個の生物にすぎないんだ。一個の生物は一個の物体にすぎないんだ。不幸になったってかまわないんだ。

……………そう考えないと、つらくってしょうがない。それに、この考え方は、科学的に真理のはずだ」

その後、彼の考え方は変わるのだが、くわしくは次節で……。

第二節　サイコパスの悟り

朝、女媧婿は自分の体の中が凄《すさ》まじい炎でゴーッと焼かれる夢を見て、びっくりして目を覚ました。

（なんだ？　おれは、だらしない心で生きてるから、御先祖様の霊を怒らせたのか？）

家の中を歩いているとき、自然に、下腹を前に突き出す姿勢になった。そういう姿勢でいると、体の中がスッキリと気持ちよく、心まで健康になったように感じた。

（今、おれは、サイコパスじゃなくなっている。ヒトの肉体《からだ》や精神《こころ》を破壊したいという気持ちがない。とはいえ、科学的に言って、人間というものに本来、価値はないはずだ……）

そう思いながら外に出て、雲がいくつか浮かぶ青空を見たときだ。この世界にくらべたら、自分という人間には価値がない！　すなおにそう思えた。

（ここにいるちっぽけな一人の人間にすぎないおれには、何の価値もない。どこまでも広がるこの世界全体にこそ、価値がある）

いや、ちがう、と彼は気づいた。彼が「自分という人間」だと思っているものは、ずっと昔に読んだユング心理学の本で言うところの「自我」なのだ。「世界全体」だと感じられるものは、ユング心理学で言う「集合無意識」なのだ。集合無意識こそ人間にとって大事なものだと感じたのだ。それにくらべたら、自我なんかくだらないと……。

（本当に価値のある「世界全体」というのは、集合無意識……実際にはおれの心の中にあるもの……なのだ。これは、人間だれの心の中にもある。ならば人間というものが本当は価値のあるスゴいものだったということなのだ!?

世の中の、不幸になる人々も、決して本当に不幸なわけじゃない。人間だれの心にも、このすばらしい「世界全体」があるんだ。だれでも「世界全体」を感じることができるんだ。ならばちっとも不幸じゃない)

また別の日のこと、女媧婿は再びサイコパスになっていた。自分の心の、意識より外側なんて、まるっきり感じられなかった。まるで心が縮こまってしまったような感じだった。

(今のおれには、あのすばらしい「世界全体」が感じられない。だが、心の中から「世界全体」がなくなるわけがないんだ。感じられないけど、あるにちがいないんだ。……本当のおれ自身は、きっと、あの空の彼方《かなた》で、幸せに暮らしているのだろうよ……。おれ以外の人間も、本当のその人自身は、きっと……)

第三章　現実に存在しないものも、現実に存在するのと同じこと

第一節　マザードラゴン・スレイヤー

十歳の少年、天突《てんつく》が山奥に入ったときだ。

不意に、天に昇りたくなった。天に昇る力が体じゅうにみなぎっていたので、天に吸い込まれるように体が飛び上がった。

天突は空と一体になった。空の精が現れて、天突に剣を渡した。日本刀に似ていたが、先端近くが少し太くなっていて、その太い辺りの曲がり方が大きくなっていた。

天突は両手で剣を持ち頭上に掲《かか》げた。体が前方に回転して、腹が下、背中が上になり、天突の体は落下して行った。空気抵抗で剣が上へあおられた。天突はありったけの力をこめて剣を下に押し出した。剣の柄《つか》を握っている両手は真下に突き出し、そこから刀身が斜め下に伸びている形に、保持し続けた。

地に着いた。地にあいている巨大な穴に落ちた。穴の壁は真っ黒で、ヌルヌルした物に覆われていた。

天突はさらに回転して頭を下に、足の先を真上に向け、剣を持つ腕を頭の真下に向けて伸ばした。

穴の底に着いた。粘膜でできたやわらかいふくらみだった。その中央に剣が刺さると、ふくらみは細長い布状の物の集まりになって分解した。布状の物は天突の周りじゅうに飛び散った。天突の落下はゆっくりになり、両足を下にして片ひざをついた姿勢で着地した。

目の前にミイラのような黒ずんだ小男が座禅していて、言った。

「おめでとう。きみは、人類最大最強の敵、マザードラゴンに勝った」

その男は天突にまったく敵意を持っていないようだった。さらに言った。

「わたしは女媧婿《じょかむこ》、マザードラゴンの夫だ。マザードラゴンは勇者によって倒されることを望んでおられる。マザードラゴンは、自分に勝った者を、ほうびとして、天なる父のもとに産んでくださる」

天突は、自分の体がぐんぐん上がって行くのを感じた。今まで広いと思っていた「世界」が、人工のビルの中にすぎなかったかのようだった。今、ビルの外に出たのだ。

日常の世界を超えた、あらゆる世界の上にある世界に来た。そこは、まばゆく白い、触ることのできる光でできていた。

足もとは光が濃く集まって雲のようになっていて、歩けた。

空気は、光が薄く集まってできていて、その中で泳げた。

光は、香りにもなり、音にもなった。何よりもすばらしいことに、自分の体もあたたかくやわらかな光でできているのだった。

頭上にある太陽は、光が金剛石《こんごうせき》のように密度高く集まったもので、しかしながら無限に軽く無限にやわらかだった。

光でできた人が言った。

「ごらん、あの太陽を。あれが天なる父だ。天なる父とマザードラゴンは対極にある存在だ。天なる父はここ、天体界《アストラル・プレイン》を創った。マザードラゴンは物質界《マテリアル・プレイン》を創った。グノーシス主義者はマザードラゴンを邪悪な存在とみなしているが、女媧婿はそうはみなしていない」

天なる父が、轟音《ごうおん》とともに動いた。

気がついてみると、天突には、アストラル・プレインの景色が見えながら、地上――マテリアル・プレイン――の山奥の景色が、同時に見えていた。アストラル・プレインとマテリアル・プレイン、どちらが夢でどちらが現《うつつ》なのか？

アストラル・プレインという広い世界を見ているのは、脳が疲れた。アストラル・プレインを見るのをやめた。

今、天突には狭いマテリアル・プレインだけが見えている。ならばこちらが現なのか？

第二節　天井裏からボトッ

女媧婿は、祖母の家である日本家屋に来ていた。祖母といっても実の祖母ではなく、マザードラゴンの化身の老婆だった。

女媧婿は手に持った日本刀で、天井裏にいる敵を攻撃しようと、天井板をズンッと下から突き上げていた。その敵は、忌まわしい存在にちがいないやつで、パタパタと小さな足音をたてて天井板の上を小走りに歩いていた。

日本刀を渡してくれたのは、着物姿の若い女性、座敷童子《ざしきどうこ》だった。彼女はまっすぐに立った姿勢で左手を口にあててころころと笑った。

女媧婿は、自分が戦っている相手について、座敷童子に解説しなければならないような気がした。敵は、天井裏にいて見えないはずなのだが、その姿は心で感じられた。

ヒト型の生き物で、女性的な印象のやせた体をしていて、……

「……こいつらは、キレイな姿をしている。非常にスタイリッシュな感じのする敵たちで、……」

……サソリの尾そっくりのペニスを有していることは、少女のような歳《とし》の女性に対しては言いづらかった。

座敷童子が言った。

「それは、右半身で感じられる姿でしょ？　左半身では、別な姿が感じられるんじゃないの？」

女媧婿は、確かにこのとき、右半身に意識を集中させていた。さて、左半身に意識を移して、左半身で敵の姿を感じてみよう……。

左半身で感じた敵は、天井の穴からボトッと床に落ちて来て、目で見えた。それは、大蛇……イモムシのような印象のどす黒い一匹の大蛇だった。

女媧婿は左手で刀を持って大蛇につきつけ、かけ声を上げた。

「ウアラーアアア！」

刀を両手で持って頭上に振り上げ、突進した。

大蛇はガサガサと音を立てて体を震わせ、三倍くらいの体積に膨《ふく》らみ、真っ黒になって、ニターリと笑ったような顔で黒い毒の煙を吐いた。女媧婿は頭も体もヘナヘナッとなって、床にひざをつき、刀を杖がわりにした。だがムリヤリに立ち上がって刀を振りかざし、またガクッとひざが落ちそうになって刀を少し振り下ろしてバランスをとり、もうろうとしながらも大蛇の口に刀をつっこんだ。

大蛇の牙はひと噛みで日本刀を折った。女媧婿の体は勢いのまま大蛇の口の中に入って行った。

女媧婿は思った。

（ああ……。おれは闇の中、生まれる前にいたあの懐かしい部屋に還《かえ》るんだ……）

この言葉は、知らずに声に出してつぶやいていたらしい。座敷童子が叫んだ。

「あなた、何言ってるの？　もしかしてマザコン？」

この叫びを聞いて女媧婿は、大蛇を倒す努力をすることにした。闇の中に滑り込みながら、自分の体の中の火を赤熱《せきねつ》させた。火は炎となって燃え上がり、拡大し、爆発し、爆発の衝撃波は体を通り抜けて外に及んだ。

大蛇は爆破され、こまぎれになって死んだ。女媧婿は、体から煙を立ち昇らせた姿で現れた。

座敷童子は歓声を上げて女媧婿に抱きついた。

マザードラゴンの化身である背の高い熟女が、それを見て言った。

「わが息子にして夫、おとこになったわね」

女媧婿は座敷童子に尋ねた。

「おれの今いるここって、夢の中なの？」

座敷童子は笑顔で答えた。

「この世界は、夢といえば夢だけど、現実以上に現実なのよ！」

女媧婿は即座に言った。

「うん。そういう世界って、あるよね」

第三節　封印から出して、解き放つ

下町の、あるスーパーマーケット前の駐車場でのことである。

白く短い服を着た、二階建ての家より背の高い巨人が、重い石の棍棒《こんぼう》の下端を右手で持ち、棍棒の中ほどを左手で持ち、

「ファーッ!!」

と声を上げて全身の力をこめて棍棒を持ち上げ、ゴオーッ、と、声だか息の音だかを響かせて振り下ろした。棍棒は地面に接すると同時に静止した。

巨人は両手で棍棒の端を握ってウンウン言って持ち上げようとしたが、棍棒は凍りついたように静止したままだった。

人々は、そんな巨人を見ながら、事態をどう考えたらいいのかわからないでい

た。

　きみどり色のとっくりセーターを着た、やせて長身の女が、スーパーから出て来た。その顔は、タマゴのようなのっぺらぼうで、一部に穴があいてそこから小さな眼球が一個、細長いしっぽの先についていて小さなヘビのように突き出ていた。

　女が手を叩いて言った。

「ほらほらみなさん、暴力衝動が足りませんよ。もっと荒々しい気持ちを爆発させてください。そうでないと、みなさんの心の中から現れたこの暴力巨人が、存分に暴れられませんよ」

　このセリフで、人々には事態がぼんやりながらわかってきた。だれかが小さな声で言い、それに別のだれかが小さな声で付け足すことが始まった。

「こいつは、暴力巨人なんだ。暴力をふるう巨人なんだ」

「わたしたちの心の中から現れた？　こんなものが心の中にあるとは気づかなかった」

「こんな暴力巨人、ずっと心の奥底にとじこめておかなきゃならない」

「いったん出て来ちゃったら、もう引っこめること、できないの？」

「暴力巨人は、抑えつけなきゃならない。現実の世界で暴れたらおしまいだ」

のっぺらぼうのヘビ目女《めおんな》が大声を出した。

「みなさん、何を言っているんです？　暴力巨人は、天なる父に通じる、ありがたい神さまなんですよ⁉　中途半端な出し方をするから、まずいことになるんです。おおらかに、ドバッと丸ごと解き放っちまえばいいんだあ！」

人々が、その女の方を向いた。

「こいつ、このままにしておいちゃいけない」

「殺さなきゃ」

「危険だ」

女は、少しのあいだ静止してから、

「ピキーッ！」

という声（？）を立てた。のっぺらぼうの顔にいくつも割れ目ができて、割れ目のひとつひとつから、虫のような細いヘビが顔を出した。

人々はそれを見ると、荒々しい気持ちを爆発させ、襲いかか……ろうとしたのだが、襲いかかる気力というか暴力衝動が、スーッと何かに吸い取られた？

吸い取ったのは暴力巨人で、パワーアップして片手で棍棒を振り回していた。大きさも三倍ほどに膨れ上がっていた。

「もうだめだ！　叩き潰《つぶ》される！」

一人がそう言うと、他のみんなも暗示にかかった。

（もはや暴力巨人を抑えることはできない。好きなだけ暴れさせるしかない）

のっぺらぼうへビ目女が叫んだ。

「座敷童子ちゃん！　あたしたちを封印から出してくれてありがとう！　封印なんてものはぶち壊すのが人間として正しいことなのよ、天突くんの言うとおりにね！　今！　暴力巨人は！　封印から完全に解き放たれた！」

暴力巨人の体のうち、雲より下にあって見える部分は足だけだった。全身は地球の大気圏からはみ出ていたことだろう。

暴力巨人は、確かに暴れたのだ。世界はそれまでの状態を壊されてしまった。世界は黒ずみ、黒い闇の奥からの白い光で再びまばゆくなった。世界のしくみは何か、後戻りのできない変化をしてしまった……人々はそう感じた。そして、人々は、心の底からスカッとした。

巨人の姿が消えた。世界は、何も変わっていないようだった。人々の心は、奥底から真に晴れやかになって落ち着いていた。心の問題が何か一つ、永遠に解決されたように感じた。

のっぺらぼうへビ目女が得意になって言った。

「どう？　抑えつけられていたものを解き放つのって、いいことでしょ？」

人々のなかの一人が答えた。

「さあ……。暴力巨人の場合は、解き放つのがいいことだったけど、他のものもなんでもかんでも解き放つのがいいってわけじゃないでしょ?」

ヘビ目女は言った。

「なんでもかんでも解き放つのがいいのよ！　たとえばあたしは、マザードラゴンの血を引く太古の女神なんだけど、あなたたちはあたしを解き放って、この仮面の下の素顔をはっきり見るべきなのよ」

人々の顔を見まわしながら、さらに言った。

「ギリシャ神話においてゴルゴンと呼ばれているのがあたしなの」

それを聞くと人々は、ひきつった笑みを浮かべて後じさり、一人が背を向けて逃げ出すと、みんな、同じように逃げて行った。

第四章　座敷童子《ざしきどうこ》の神曲

第一節　地獄篇

座敷童子の心のボディが、霧の道を歩いていた。彼女の心のボディは、たいてい、赤いスジの入った着物姿をしている。幸せそうな、いたずらっぽい笑みを浮かべて歩いていた。

周りの霧の中から、のっぺらぼうの亡霊たちが大勢現れ出て来た。

座敷童子は彼らに言った。

「あなたたちは、わたしを見守ってくれる存在、御先祖様の霊……」

彼らは「御先祖様の霊」と呼ばれたとたんに、神々のように美しい姿になった。

頭上を、竜の一種が飛んだ。ものすごい大きさの大蛇に翼がついた姿をしていた。

座敷童子は竜を見上げ、また正面を見、言った。

「マザードラゴンと天なる父とでは、天なる父がキリスト教でいう神らしい。マザードラゴンは、キリスト教でいう悪魔らしい」

正面を見たまま言った。

「わたしは女として、それが納得いかないのよ！　マザードラゴンは邪悪な存在なんかじゃないはずだわ。だって東洋では竜は神さまなんだから！」

座敷童子は海を見下ろす崖の上に来た。

「マザードラゴンに会いに行くんだったら、海の中よね」

座敷童子は崖から身を躍《おど》らせた。うつぶせの姿勢で海に落ちて行った。落ちながら、彼女の心のボディは巨大になった。一個の山のように大きくなった。さらに、たくさんの山を含む山脈のような大きさになった。

ドーンと水音をたてて水に入ると、巨大な体が沈みはじめた。座敷童子の首は七本のヘビの首になって、伸びはじめた。手足は縮んでいった。赤いスジの入った着物は、赤一色の巨大な胴となった。

七つ頭の巨大な赤いドラゴンになった座敷童子は、海底に向かった。

(海の底の、そのまた底……、闇よりも暗い領域に、マザードラゴンはいる……。

闇よりも暗い領域、それは、人間の根源にある、生々しい生命力……)

七つ頭のドラゴンは、どこまでもどこまでも下りて行った。もはや闇よりも暗い領域は彼女のすぐ下にあった。

闇よりも暗い領域とは、ケガとか恐怖とか絶望とか、とにかく人間が嫌がるものでこの世界にあり得るものすべてが、凄まじい高密度で集まって、光を完全に追い出している領域だった。

七つ頭のドラゴンは、そこへ、潜って行ったのだ。ドラゴンは闇よりも暗いものと一体になった。もはや自分の体の中と外の区別はつかなかった。

(マザードラゴンはすべてを受け入れる……。わたしはすべてを受け入れる……。

闇よりも暗い領域を受け入れる……)

その領域で、ドラゴンは、ある意味、死んだのだ。

第二節　浄火篇

「ある意味での『死』!!　それは、人間だれもが、一度は通り抜けなければならないものだッ!!」

という声がし、轟音——地響きのような——がした。

気がついてみるとドラゴンは、頭が一つになっていて、上下に長い体で空にそびえ立っていた。しっぽは、地面に突き刺さり、地底奥深くまで届いていた。

周りの雲は固めのクリームでできているかのような質感だった。天には、さまざまな色のアメのような惑星が散りばめられていた。青空は、澄きとおった何か……寒天のようなものでできていただろうか。

この、現実よりも確かに存在する、現実以上に広々とした世界で、ドラゴンは薄墨色の超巨大なヘビになって塔のようにまっすぐ立っていた。

ドラゴンは思った。

「人間は、高いところから周りを見渡すと、世界というものが本当はこんなに大きかったのかと驚く。ふだん見ているのは世界のほんの一部の狭い領域にすぎなかったと……。だが、高いところから見えるのも、じつは世界のほんの一部なのだ。遠くの空という壁に隠された向こう側は見えない。壁の向こう側にも世界は広がっていて、それが今、わたしには見えている。世界というものは人間の日常の感覚をはるかに超えて巨大だったんだわ！」

ドラゴンの腹の奥底から、恐ろしい心、狂気、暗い衝動などが上がって来た。人間だったころ、知らず知らずのうちに抑えつけて忘れていたものたちだ。こういったものたちに対する彼女の考え方は決まっていた。

「中途半端な出し方をするから、まずいことになる。おおらかに、ドバッと丸ごと解き放っちまえばいいんだあ！」

抑圧されていたものたちは、ドラゴンの体の中を上《のぼ》り、心臓を通り、のどを通り、脳の中を通って、稲妻《いなずま》となって頭のてっぺんから四方八方へ解き放たれた。

「そして、……おおっ！　抑えつけられていたもののさらに奥底に隠れていた、すばらしいものが、上がって来る！」

そう言ったのがドラゴン自身だったのかわからない。とにかく、小さな少年の声だった。

ドラゴンは頭上に顔を向けた。

第三節　天堂篇

青空に穴があいていた。穴の中、空よりも上には、白い、まばゆい光が満ちていた。空という壁の上には光の領域があった。光の領域は、どれだけ広いんだろう？　どれだけ光の密度が濃いんだろう？　こんな、全《まった》き幸せの領域が、世界には確かにあったのだ。この領域は、ふだん空を見上げても、全然感じることができなかった。

ドラゴンは今、空よりも上にある光の領域を感じとった。とたんに、空が降《お》りて来て、ドラゴンの体は空にあいた穴に入った。ドラゴンは光の領域の中にいた。

雪の結晶を巨大にしたような姿の、光でできた精霊のような者たちが、結びつき合い、輪になって揺れ動いていた。光はドラゴンの視覚だけでなく五感のすべてに働きかけてきた、いや体の内部にまで。

ドラゴンは、あまりの快感に、腹の底よりも下にあったすばらしいものを、真上に向けた口から、噴水のように、周りじゅうにまき散らした。それは、キラキラ輝く小さな水滴の群れだった。

ドラゴンはすばらしい快楽の中で目を閉じ、気を失った。


座敷童子は気がついてみると、人間の肉体だった。現実の肉体だった。ふとんの中にいた。

さきほどからの幻想は、現実以上のリアルさを持って記憶に残っていた。

座敷童子は、幻想についていろいろ考え、結論を出した。

「マザードラゴンが邪悪な存在でないというのは、確かにその通りだった。マザードラゴンは大地、天なる父は天で、天と地とのセックスにより、すべてが産み出されるのよ。ただし、天の方が地より神聖らしい。

　だが、わたしは、始めに疑問に思っていたこと以外にも、答えを得た。天なる父は、『父』といっても、必ずしも男の姿で表されるわけじゃない、女であることもあり得る。マザードラゴンも、『マザー』といっても、男であることもあり得る」

　座敷童子はにやつきながら赤面した。

「わたし、男になっちゃった！　男性器になっちゃった！　せーし出しちゃったあ～！　恥ずかしいけど、気持ちよかったあ……」

第五章　心に感じられる竜

第一節　神の獣べヘモット

この章に描かれる光景は、天突《てんつく》、女媧婿《じょかむこ》、座敷童子《ざしきどうこ》の三人が共通して視《み》た幻像《ヴィジョン》である。

旧約聖書では、空の上には大水があるとされている。

その大水の上に首をもたげて、ゆっくりと、竜、べヘモットが泳いでいた。首は恐竜の一種ブロントザウルスに形が似ていて、ウロコの一枚一枚が外に向かってとがって立っていた。顔つきは、現代のイラストに描かれるドラゴンのような、凶悪な表情だった。頭の上には三角錘《すい》の形をした短いツノが二本、ななめ後ろに向かって生えていた。胴体はクジラのような巨大さで、大部分が水の上に出ていた。胴体から、下の水中に伸びる四肢《しし》は、おそろしく太いのだが、その先は泳ぐためのヒレの形になっているようだった。

ブロントザウルスのなかまをカミナリ竜というが、ベヘモットが動いたり口を開けたりするたびに、辺りに無数の稲妻が走った。

メスのベヘモットであるレビヤタンはマザードラゴンだと言っていい。ベヘモットはオスのレビヤタンだ。レビヤタンは、聖書では、天地が造られた後に神に造られたものだとされているが、一説によれば、天地創造以前から存在していて、神と天使たちによって屠《ほふ》られて天地の材料になったという。

第二節　ヒトの形をした竜フォーシビリティ

海のように大きな湖で、釣り糸を垂れて、魚がかかるのを待っている人がいた。その人が思った。

「そういえば心理学において、魚ってのは、暴力衝動を象徴するんだよな」

暴力衝動は人の腹の中にある……、そう思ったとたん、釣り人は、自分が釣り糸を垂れている湖が自分の腹の中につながっていると気づいた。この湖は、自分の口だった。糸は、口の中に入ってその底にあるのどを通り、心臓をつらぬき通って、腹の中の闇に届いているのだった。釣り人は、自分の顔の上にちょこんと腰かけていたのだ。

釣り針に、銀色の大きな魚がかかった。釣り人はこの魚を釣り上げた、……湖の水面の上に。

銀色の大きな魚は宙天高く舞い上がり、ビカビカと鮮烈な光を放った。魚の左右に人間の両腕が生え現れた。

「魚《うお》おおおおおおおおおお竜《りゅう》ああー！」

魚は、頭部も人間の頭になり、体全体が人間の上半身の形になっていた。下半身は、ものすごく細長いヘビの胴体が二本、らせん状に巻きつき合ったものだった。

半人半蛇の魚がくるりと釣り人の方を向いた。下半身も人間の形になっていた。人間の姿になった銀色の魚は、釣り人に、暴力の怖さをバキバキに感じさせた。

「おれはヒトの形をした竜、強引さ《フォーシビリティ》だ。おまえは強引さ《フォーシビリティ》を腹の奥底の闇にとじこめて、忘れ去っていた。弱いものややわらかいものばかりを、『この世界に存在するもの』だとみなしていた。このおれが存在することには、長いあいだ、気づかないでいた」

フォーシビリティはまぶしい光を放っていた。その光は辺りを照らしていた。釣り人は目を巡《めぐ》らせて周りを見た。釣り人のいた場所は、四角い小さな部屋にすぎなかった。

（世界には、さまざまな部屋があるという。おれは、このたった一つの部屋にこだ
わって、いつまでも居続けた。これは不健康なことなのだ）

フォーシビリティは腕を組み、釣り人の目を見、言った。

「おまえはこの部屋から出るのだ」

釣り人、

「出るって、どうやって？」

フォーシビリティ、

「強引《フォーシブリー》にだ！」

フォーシビリティは体をひねりながらゆっくり部屋の天井に近づいた。天井に、
巨大で抗《あらが》えない力による正拳突きの連打を放った。

「魚おおおおおおおお竜ああー！」

小さな部屋はあっというまに壊れた。フォーシビリティは釣り人の中に入った。釣り人は、強引な力で、もっと上にある部屋に瞬時に移動した。

そこは、健康的な印象のある部屋、神である東洋の竜たちのいる部屋だった。

「ここも、いつまでもいるべき部屋ではないのだろう。いずれ、他の部屋へ行くべき時が来るのだろう……」

第三節　暗黒の女怪ヒドラ

多頭の竜の中で、世界的に最も有名なのは、ギリシャ神話のヒドラだろう。腹の中にヒドラが潜《ひそ》んでいるのに気づいた人がいる。体の中にわだかまっていて外に出たがっているものを次々と竜の姿にして体の外に出していたら、あるとき、腹の奥底に特大の竜がいるのに気づいた。そのどでかい竜がヒドラだった。ヴィジョンは幽霊のように物をすり抜けることができる。ヒドラの頭のうち一つが前方に出てきて、腹の中に溜まっていた膿《うみ》をぼたぼたと吐いた。人は、ヒドラの全体像を見た。たくさんの黒い首は、乾いたイモムシのような印象で群れをなし、ガサガサと生々しく動いていた。首の群れの巨大さは、多くの山、多くの谷にまたがりそうだった。あまりの巨大さゆえに、出すのを恐れていた。だが腹の奥底にいるヒドラは、超巨大で猛毒を持つからこそ、外に解放しなければならない。

マザードラゴンは多頭の竜の姿をとることがある。また、英雄神によって退治される超巨大な竜として言い伝えられる。

ヒドラを退治したヘラクレスは、人間離れの程度が並大抵でなく、神に近い存在だった。ヒドラはマザードラゴンなのだろう。

ヒドラは腹の奥底にいる。ヴィジョンの世界において、腹の奥底と地の奥底は同じだ。ヒドラは地の奥底にいる。地の奥底でも、最も深いところ、地球の中心にいる。……『神曲』に登場するルチフェロ（ルシファー）のように……。

東洋の竜はどんな生き物にでも変身することができるという。ヒドラと一体になった者も、なんにだってなることができる、天体界《アストラル・プレイン》へだってかる〜く行くことができる。

マザードラゴンは確かにあらゆる悪と不幸の源なのだろう。その一方で、天なる父と対等で仲もいいらしい。

第四節　右《みぎ》世界の翼手竜と左《ひだり》世界の地虫

青空高くを飛んでいたのは、恐竜の一種、翼手竜の群れだった。前肢《まえあし》が変化してできた翼で空を飛ぶ、ほっそりとした恐竜たちだ。

木の葉を細長くしたような形の翼が左右に、ま横に伸びていた。彼らは後ろ姿を見せて空を飛んでいた。しっぽは細長くて赤茶色で、ミミズのようだった。影のような小さな後肢《うしろあし》をま下に垂れていた。彼らは前方からの風を受けて上昇するような翼の形をしていた。巨大な太陽に向かって、向かい風に乗って上昇し、飛んでいた。彼らは恐竜であり、けっこう大きいはずなのだが、トンボの群れのように見えた。

空を飛ぶこと、それは自由を象徴している。さまざまなものに縛られる地上での生活を捨てて、人間は、天上へと飛んで行きたいのだ。宗教では、人間は本能的に、天なる父の御《み》もとに行くことを欲するとされている。それは本当なのだろう。

翼手竜たちの飛んでいる景色は右世界のものだった。右世界のとなりに左世界があった。左世界にはまるでちがう景色が見えていた。

そこは、地下世界だった。白い、ごくわずかにピンク色の、ウナギのような形をした巨大地虫が、凄い勢いで地の底めがけて潜《もぐ》って行くところだった。地虫の先端には、小さな黒い球——目だろうか？——が一個ついていた。地虫には、左世界じゅうのパワーが集まっていた。そのパワーのすべてを、地虫は、地の奥底深く潜り込むことに使っていた。……いつの日かマザードラゴンに至ろうと……。

人間には、天なる父に向かう本能があると同時に、マザードラゴンに向かう本能があるのだろう。この二つの本能は、同じくらい大きく、同じくらい人間にとって根本的で、そして、同じくらい神聖なのだろう。

第六章　まとめ

第一節　サイコパスの悟り……また？

幻像《ヴィジョン》を視たあと、天突《てんつく》と女媧婿《じょかむこ》と座敷童子《ざしきどうこ》は、自分たちが目の届く範囲に集まっているのに気づいた。三人とも心のボディでそこにいた。座敷童子の心のボディはやはり赤いスジの入った着物を着ていた。位置関係がどうとか、近くにいるか遠くにいるかとか、あるいは、動いているかとか、……それらはともかく、三人そろってそこにいた。

女媧婿が言った。

「おれは、ついにやったぞー！　悟ったぞおー！

人間にとって、自我なんかは、いくら不幸でもいいんだ。自我、すなわちここにいるちっぽけな自分なんかは、真の自己によって創られた仮の自分にすぎない。そんなものが、幸せだの不幸だの、優《すぐ》れているの劣っているの、善良だの邪悪だの、そんなことがどうしたっていうんだ？　もっと巨大なる真の自己がある！　天なる父とマザードラゴンが真の自己だあーっ！　この二つの真の自己は、どんなときでも限りなき幸せの中にいる。人間は、真の自己さえ幸せならいいんだ！　自我によって真の自己を感じることができれば、真の自己の幸せを感じることができる。真の自己をまるっきり感じることができないとしても、真の自己が完璧に幸せだということは変わりない。だから、人間は、…………

不幸を恐れる必要はない！　どんなに不幸なように思えても、真の自己が幸せなら、その人は本当は幸せだからだ！　人間はひとり残らず、宗教において来世に約束されている楽園を、すでに手に入れているんだ……」

女媧婿を真剣な表情で見ていた天突に、座敷童子が語りかけた。

「女媧婿は、ああ思いたいのよ」

続けて言った。

「あの男は、反社会人間《サイコパス》でありながら、普通の人とちがう種類のやさしさを持っているの。この世に不幸な人間がいるという事実が許せない。だれもかれもが幸せでないとがまんできない。それで、ああいうふうに思うことにしたのね。まあ、真理かもしれないけどね……」

第二節　オールド・ワイズ・マン・ボーイの道徳論

天突が女媧婿の顔をまっすぐ見つめながら言った。

「女媧婿はもともと、自分が幸せになりたかったんだ。自分が幸せになるために、他人の幸せを願うことが必要だったんだ」

女媧婿がおだやかな顔で天突を見た。天突は続けた。

「人間にとって、自分以外のものすべて、この世界も、この宇宙も、あらゆる他人も、現実にあると同時に、心に感じられるものでもあるんだ。心に感じられるものは、心の中にあるんだ。心の中の神々なんだ。心の中の神々はみんな、ここにいるちっぽけな自分なんかより、ずっと本当の自分自身なんだ。本当の自分自身が不幸だったら、ここにいるちっぽけな自分も、幸せになれるはずがないよ。自分が幸せになるためには、心に感じられる他人が幸せでなければならない。他人の幸せを真剣に願う心の態度でないと、自分も幸せになれないんだ。

いわゆる『モラル』とはちがうけどね、おれはこれが本当の善なんだと思うよ」

座敷童子が顔からまぶしい光を放って天突の頭をなでた。

第三節　フェアリーゴデスの冒険

座敷童子が立ち上がって、両手を向かって右に振った……ように見えた。

「人間は、自我から離れたところにあるものだけでなく、自我の一部でさえも、忘れ去って、自分にはそんなものはないんだと思い込んでしまうことがあるわ。過去に、悪いものだと決めつけて抑えつけてしまった部分ね。自我の一部なのに、心の奥底にとじこめて、鍵をかけ、忘れ去ってしまう……。そのままではいけない、甦らせなければいけない！　そのまま抑えつけて生きるのは、心の姿がこういうふうになっているってことよ」

座敷童子の体の向かって左半分が、消えていた……いつのまにか。向かって右半分だけが見えていた。

「今のわたしの姿のように、自我の片方半分だけで生きていて、もう片方を失《な》くしてしまっているってことよ」

座敷童子は、現れている半身の目を細めた。消えている半身が何か気配を発した……ように、女媧婿と天突には感じられた。座敷童子は言った。

「失われた半身……、抑圧され、萎縮《いしゅく》して、怪物化してしまった大事な半身、現れ出《い》でよ！」

とたんに座敷童子の見えている半身から、見えていない方に向かって、青黒い巨大な触手の群れが一気に生えた。

触手の群れは、いきいきと、気持ち悪く蠢《うごめ》いた。……と思うと、変形して、丸っこい内臓の群れのようになった。次いで、恨みにひきつった男の顔が、その群れの上の方に、空中に浮かぶ映像として、現れた。もう一つ、二つ、恨みに歪《ゆが》んだ男女の顔が、空中の映像として、あちこちに現れた。その後、空中の映像は消え、青黒い群れは人間の半身に近い形になったが、まだ異様に大きかった。ヨーロッパの伝承に登場する人食いの大型妖精オグルとはこんな感じだろうか……。青黒い半身には黄金《おうごん》色に輝く大きな円《まる》い目があった。黄金色なのは白目の部分で、中央にある小さな瞳は黒だった。

座敷童子は青黒い半身の手を上げて言った。

「父親を象徴する怪物よ、現れろ！」

彼女の向かって左から現れた怪物は、大きくて水かきのある両手を下に向け、長い首の上に人間の男の顔をつけ、彼女に躍りかかって上から覆《おお》いかぶさろうとした。大蛇のような下半身は白くてブヨブヨしていた。

座敷童子は変わった形の剣をふるった。先の方が輪のように円く曲がっていて、その内側に刃がついていた。

刃のついた輪に、怪物の首がぴったりとはまった。それを見て、女媧婿と天突は猛烈な不安感におそわれた。

怪物は消えた。

座敷童子は再び、向かって左の手を上げて叫んだ。

「母親を象徴する怪物よ、現れろ！」

彼女の向かって左から、霧が凝り固まったかのように、高層ビルのような大きさの巨人女が現れた。口は円く周囲に細く黒い触手が生えていた。ぱっちりした両目の周りにも細く黒い触手が生え、両ほほはふくらんで乳房になっていた。太くずん胴の体は、胸はまっ平らで、大きく出っぱった腹から乳房の群れが生えていた。股間からはおびただしい数の細い肉色の触手が垂れ下がり、その一本一本の先は小さな吸盤になっていた。足は太く短く、カエルの後肢《うしろあし》に似た形をしていた。短い両腕の先には指のような突起がいくつか円型に並んでいた。

座敷童子はさきほどの変わった剣を振り上げたが、どうやって攻撃したらいいかわからない様子でいた。剣を持っていた手を下ろすと、怪物は消えた。

座敷童子は女媧婿と天突の方を向いて言った。

「自我のすぐそばに隠れていた怪物を出してみたわ。心の中の怪物は、倒すとかどうとかしなくても、姿を現させてやることさえできれば、それで充分なのよ」

座敷童子の向かって左の青黒い半身は、竜になっていた。深緑《ふかみどり》色のうろこをした竜で、長い体にワシのような鉤爪《かぎづめ》を持ち、顔からは長い口ひげが伸びている、東洋の竜のようだった。顔を上に向け、その下に胴体が続き、座敷童子の向かって右の半身にしがみついていた。

だが、東洋の竜にしてはツノがないようだった。と、思ったとたん、ツノが生え、伸び、枝分かれしだした。同時に、体の色が黄色に、そして黄金《おうごん》色に変わり、大きさもどんどん巨大になっていった。

黄金色の竜は、向かって右下に頭を下ろし、腹這《はらば》いになった。座敷童子は竜の首の後ろに足を乗せ、立った。座敷童子を乗せた黄金色の竜は浮き上がり、たちまち天高く昇って行って、点となり、見えなくなった。

女媧婿が空を見上げながら言った。

「ヴィジョンの世界っていいなあ……。リア充以上にリアルな充実感が得られる……」

天突が元気いっぱいに言った。

「そうだね！　ヴィジョンの世界で本当に充実すれば、現実の世界もよくなるよ！」

突然、あたり一面に光が閃《ひらめ》いた。二度、三度と……。

女媧婿と天突の前方から、座敷童子を乗せた巨大な竜が、白い色に変わって近づいて来た。竜の顔は、犬のような印象がした。その顔の上に座敷童子は両足を伸ばして立っていた。

轟音のような大きな空気の震動が響きわたった。その音は、耳に聞こえているのかどうかはわからなかったが、体じゅうの皮膚にびりびりと聞こえていた、いや、体の中にまで響いていた。

天突、女媧婿、座敷童子の三人の中に、全く同じ思念が現れた。

彼らは同時に口を開き、全く同じ内容のことを言った。

第四節　三人が言った内容

「心の中の神々と、現実世界の神々とは、人間には見分けがつかない。人間にとって心の中の神々と現実世界の神々は同じものである」

（完）

著者プロフィール

堀口 育男（ほりぐち いくお）

1970年、東京都に生まれる。
1993年、日本医科大学中退。
1995年、日本児童文化専門学院修了。
〈著書〉
『心の世界、心の宇宙』（2009年、文芸社）
『ギリシャ神話リメイク』（2012年、文芸社）
『妖怪神（ゴーストゴッド）の歌曲集』（2013年、文芸社）

竜の惑星この地球

2015年７月15日　初版第１刷発行

著　者　堀口 育男
発行者　瓜谷 綱延
発行所　株式会社文芸社
〒160-0022　東京都新宿区新宿１－10－１
電話　03-5369-3060（編集）
03-5369-2299（販売）

印刷所　株式会社平河工業社

ISBN978-4-286-16503-5